AF357936

ATELIER

Émile BRETON

Me Georges **DUCHESNE** | MM. **HARO** Frères
COMMISSAIRE-PRISEUR | PEINTRES-EXPERTS

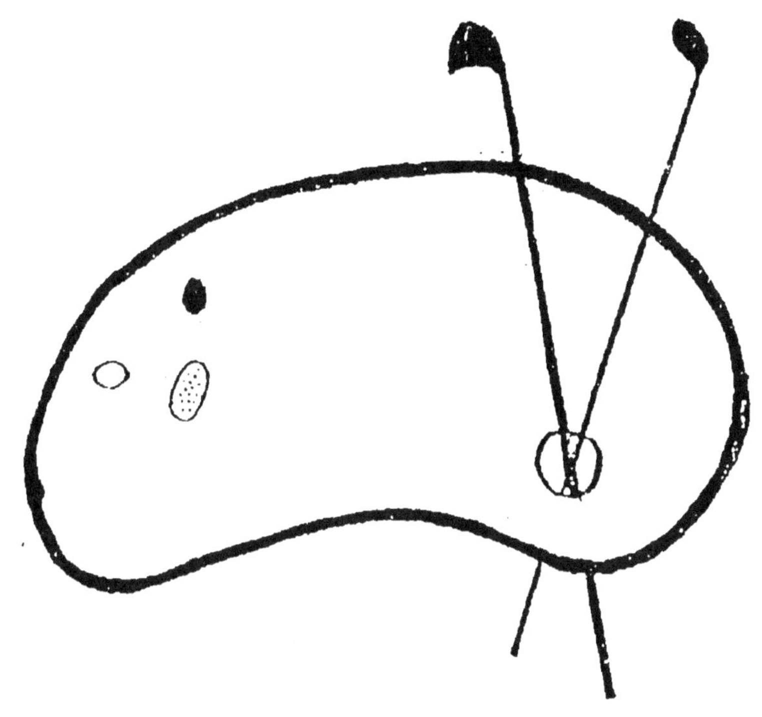

FIN D'UNE SERIE DE DOCUMENTS
EN COULEUR

CATALOGUE

DES

TABLEAUX

ET

ÉTUDES

composant l'Atelier de

Émile BRETON

dont la Vente aura lieu

HOTEL DROUOT, SALLE N° 8

le Lundi 29 Février 1892

A DEUX HEURES ET DEMIE

EXPOSITIONS

PARTICULIÈRE	PUBLIQUE
le Samedi 27 Février 1892	le Dimanche 28 Février 1892

de une heure et demie à cinq heures et demie

M^c G. DUCHESNE
Successeur de Me Escribe
Commissaire-Priseur
6, Rue de Hanovre, 6

MM. HARO Frères
Peintres-Experts
14, Rue Visconti et rue Bonaparte, 20

1892

CONDITIONS DE LA VENTE

Elle sera faite au comptant.

Les acquéreurs payeront *cinq pour cent* en plus du prix
d'adjudication.

Je n'ai jamais appris sans une émotion véritable, émotion doublée parfois d'un cuisant regret, que l'*atelier* d'un artiste de talent «allait», ainsi que l'on dit rue Drouot, «passer en vente publique». Alors même qu'elle ne réveille pas en moi le souvenir attristant de la perte d'un ami, la nouvelle a toujours de quoi m'impressionner péniblement. Je ne puis, en la recevant, songer, sans un peu de mélancolie, que tout ce qui fut, des années durant, l'œuvre intime et familier de cet artiste, esquisses écloses de son inspiration, études où s'ébaucha sa pensée, tableaux dont il ne pouvait se résoudre à se séparer, ses albums et ses cartons, un amas de riens précieux, tant de confidents de ses projets et de ses espoirs, tant de chers témoins de son labeur, le livre-journal de ses peines et de ses joies, tout cela sera mis pêle-mêle à l'encan comme un mobilier d'hôtel et s'en ira fondre, en quelques heures, au feu des enchères.

Quand, voici tantôt un mois, le maître paysagiste, Émile Breton, l'auteur justement renommé de tant de belles œuvres, m'écrivit sa résolution de vendre son *atelier*, ce ne fut pas seulement de l'émotion, ce fut de la surprise aussi que la nouvelle me causa. Un artiste est emporté brusquement en plein travail, ou bien il meurt de sa belle mort. A cela rien d'étonnant, et c'est, d'ordinaire, ainsi que vont les choses. Humble héritage ou grasse succession, le produit de la vente aide à secourir de pressantes misères ou s'en vient paisiblement accroître une fortune assurée. Mais comment ne point s'étonner qu'un peintre au corps robuste, à l'âme vaillante, ayant constamment professé le culte et l'amour passionné de son art, dont le talent, dès longtemps consacré, s'épanouit en sa maturité féconde, ait un jour décidé d'assembler en tas, études ou tableaux, ses ouvrages préférés, la fleur et le fruit de son œuvre, et, comme s'il s'agissait uniquement d'une collection de haute valeur bonne à réaliser, de s'en dessaisir au profit du plus offrant et dernier enchérisseur?

Hélas! de telles résolutions ne sont jamais inspirées par l'intérêt ou par la fantaisie! Graves et douloureuses, elles ont toujours pour causes un événement grave ou quelque grande douleur. Alors qu'il m'apprit que la vente de son atelier était prochaine et qu'il s'occupait déjà d'en dresser le catalogue, j'ignorais — de là ma surprise — quel tout-puissant motif avait poussé **M. Émile Breton** à cet abandon cruel de tout ce qui, pendant trente années, avait été le charme et l'honneur de sa vie. Je ne doutais pourtant point que ce motif existât.

M. Breton vit éloigné de Paris, dans ce village de Courrières où son existence s'est presque entièrement écoulée, et dont, peintre robuste et sincère, hardi coloriste à la vision précise, contemplateur attentif et recueilli gardant au fond de son regard et de sa pensée la mémoire fidèle et le souvenir attendri des choses, il nous a souvent montré les aspects pittoresques, éternellement divers au gré des saisons et des heures.

C'est là qu'il fut frappé, l'an passé, de l'un de ces rudes coups qui font défaillir les âmes les plus fières et fléchir les plus mâles courages. La mort lui prit son fils unique, un garçon de vingt-neuf ans, qu'il chérissait de toute sa tendresse et dont il était le plus cher compagnon. Anéanti, désespéré. brutalement séparé du confident intime de ses projets et de ses pensées, convaincu que rien, pas même le travail, ne pourrait désormais le distraire de sa douleur et l'en consoler, il décida de renoncer à la peinture et de déserter cet atelier où tout lui parlait de l'absent, où son chagrin allait s'avivant toujours à l'éveil de ses souvenirs.

Une lettre que je reçus de Jules Breton, le grand artiste et l'exquis poète, en me disant le triste pourquoi de la résolution fraternelle, mit fin à mon étonnement. Elle eut, cette lettre, un autre résultat : celui d'ajouter encore à la très haute estime et à la sympathie vive que m'ont dès longtemps inspirées la personne et le caractère de l'auteur de la *Saint-Jean* et du poème de *Jeanne*.

Cette lettre, la voici :

Mon cher Ami,

Lorsque mon frère me dit sa résolution de vendre son fonds d'atelier, j'en fus navré; rien ne pouvait davantage me faire mesurer la profondeur de son chagrin.

Après la perte de ce fils de 29 ans, son unique enfant, qu'il adorait et qui méritait de l'être, Émile me dit : « A quoi bon garder toutes ces œuvres qui devaient faire son plus cher héritage ? Pourquoi conserver tous ces souvenirs d'un temps heureux ? Qu'en ferais-je moi-même ? Est-ce que ma vie a encore un but ? »

Je crus à l'exaspération d'un désespoir que le temps allait calmer. Il persista.

« Eh bien! lui dis-je, envoie à la Salle des Ventes les tableaux qui te restent, mais garde tes meilleures études. Tu regretterais de t'en être défait; ne te sont-elles pas nécessaires pour tes futurs travaux?

— Mes futurs travaux! En ferai-je encore? Lorsque j'essaye de me remettre à la peinture, toute mon âme s'exalte; cela avive ma douleur et me fait trop de mal. Je suis maire de Courrières : je veux consacrer ce qui me reste de vie à mes administrés. Cela seul me console. »

Et voilà pourquoi toutes les toiles qui couvraient les murs de son atelier vont être dispersées.

Cela s'appelle vendre son fonds d'atelier, expression vulgaire qui veut dire déchirer son cœur d'artiste et en laisser tomber au hasard toutes ses inspirations préférées, le meilleur de soi-même : tableaux longuement médités que le peintre de temps à autre remettait sur le chevalet, chaudes et palpitantes esquisses, puissantes études d'après nature.

Je vous assure, cher Ami, que ce n'est pas sans une triste émotion que je les ai vu emballer et emporter.

Ces murs qui me disaient tant de choses sont maintenant nus et muets.

Vous me dites que je devrais écrire au Catalogue une page où je dirais ma pensée sur ces œuvres. Mais faire l'éloge de mon frère, c'est comme si je faisais l'éloge de moi-même, et plus j'éprouve d'admiration pour lui, plus mon devoir est de me récuser.

Heureusement il est bien connu du public et cette tâche dont je ne puis me charger vous sera facile, vous, poète et critique d'art aimé, qui comprenez son talent et qui l'avez suivi depuis le début de sa carrière.

Agréez, cher Ami, l'expression de mes sentiments affectueux.

Jules BRETON.

15 janvier 1892.

La collection des tableaux et des études qui composent *l'atelier* de **M. Émile Breton** comprend quatre-vingt-huit œuvres; œuvres inconnues, pour la plupart, des amateurs et du public, et qui, pour la plupart aussi, nous font apparaître l'artiste sous un aspect nouveau. Tout à l'heure, incidemment, j'ai dit de M. Breton qu'il était, en même temps qu'un paysagiste robuste et sincère, un contemplateur attentif et recueilli des choses. Ce qui caractérise, en effet, son talent, c'est qu'il peut, suivant les cas, l'employer à la reproduction directe et sur place d'un coin de nature ou bien à l'exacte représentation d'un *effet* dont l'œil et la mémoire de l'artiste, avec une sensibilité peu commune, ont gardé l'impression fidèle.

L'observateur à la vision juste, à la perception sûre, est doublé chez M. Breton d'un imaginatif puissant, d'un penseur et d'un poète. Avant de peindre ses tableaux, il les a rêvés. Il ne cherche pas à nous intéresser seulement par l'exactitude et par la stricte vérité de son œuvre ; il veut aussi nous émouvoir par ce qu'elle a de touchant, de simple ou de grand. Le musée d'Arras possède un tableau de lui, qui compte parmi ses meilleurs ouvrages, où sont nettement accusées ses tendances et ses visées artistiques. Il représente un *Ouragan*. Sous une nuée lourde, aux tons blafards, le fléau passe, ébranchant et déracinant les arbres, éparpillant les gerbes et couchant les épis, chassant, éperdus, les moissonneurs de la plaine. Tout le drame de la vie inquiète et rude des paysans est conté dans cette toile émouvante.

Quelques tableaux de ce genre figurent dans la collection des œuvres inscrites à ce catalogue. Dans le nombre il en est de fameux, que les amateurs auront grand plaisir à revoir et qu'ils vont se disputer chèrement : ainsi le *Noël*, de l'Exposition de 1889, où l'on voit un christ en bois se silhouettant au sommet de son calvaire, sur la plaine enneigée et sur le village endormi ; ainsi la *Neige*, qui figurait au Salon de 1876, le *Vieux monde qui s'en va*, envoi de l'artiste au Salon de 1887, et d'autres œuvres encore où le peintre a su mettre une pensée en même temps qu'il y fixait un souvenir.

Mais ce qui constitue les plus importants éléments de cet *atelier*, c'est la série des tableaux que M. Breton a rapportés de ses flâneries, de ses excursions et de ses voyages : aux environs de Paris jadis, sur les bords de l'Oise, à Chaville, à Cernay ; plus tard, dans les départements du centre et de l'Est ; ensuite en Belgique ; autour de ce village de Courrières, enfin, où le ramenaient toujours son grand amour du sol natal et son constant désir de revoir les siens. Avec des études enlevées à la pointe de la brosse et d'une touche large et puissante, ils forment un ensemble imposant d'œuvres, exécutées sur nature et qu'on dirait écloses d'hier, tant elles ont gardé de fraîcheur savoureuse et d'éclat. Le poète et le penseur oublient parfois, à dire vrai, de s'y révéler, mais c'est pour eux que le peintre y a travaillé, épiant la nature à toutes les heures du jour, l'étudiant dans son infinie variété, augmentant son épargne artistique et grossissant le trésor de ses souvenirs.

Citer quelques-uns de ces tableaux, ne serait-ce pas donner à penser que, dans le nombre, il en est qu'on doit préférer aux autres ? Ne se valent-ils pas tous d'ailleurs par des mérites égaux et pour les mêmes raisons ? Chaumières aux murailles croulantes et que baigne une lumière chaude, coins de villages enfouis à demi sous la neige et sur lesquels plane le grand silence de l'hiver, clochers se profilant sur la brume argentée des matins ou s'estompant dans la lueur mourante des soirs, rivières aux berges solitaires où se mirent des ciels bleus, ouatés de-ci, de-là par le vol inconstant des nuages, dessous de bois éclaboussés de lumière, vieux saules inclinant leurs troncs noueux vers une mare aux eaux dormantes, c'est toujours la nature que nous revoyons en ces œuvres fortes et savantes qui garnissaient hier l'atelier du maître et que, par insouci de tout ce qui n'est pas son chagrin, il s'est condamné à ne plus jamais revoir.

J'ai vu se disperser bien des collections sans qu'il m'en coutât un regret. Je ne puis me défendre d'un peu de tristesse en adressant mes adieux à celle-ci.

GUSTAVE GŒTSCHY.

15 février 1892.

Émile Adelard BRETON, frère de Jules Breton, est né à Courrières, en 1831.

Il débuta au Salon de 1863, où il obtint une mention honorable. Il se vit décerner une médaille successivement en 1866, 1867, 1868.

Pendant la guerre, il quitta pinceaux et palette pour organiser, sous les ordres de Faidherbe, la défense nationale dans le Pas-de-Calais. Commandant des mobilisés de Lens et de Carvin, il se distingua particulièrement à la bataille de Saint-Quentin. Chevalier de la Légion d'honneur en 1878, à l'Exposition de cette même année il emportait une médaille de première classe, et en 1889, à l'Exposition universelle, une médaille d'or.

Son talent n'est pas moins bien apprécié à l'étranger, où il fut récompensé aux Expositions universelles de Vienne, Philadelphie et Londres. Le roi des Belges l'a fait chevalier de l'ordre de Léopold en 1878.

A Émile BRETON

Parfois, du saint orgueil de ses espoirs puni,
Jetant un long regard sur la route suivie,
Le rêveur s'aperçoit que son rêve est fini :
L'artiste a fait son œuvre et l'homme empli sa vie.

A la fatigue où vient de l'atteindre la Nuit
Jugeant que la douceur du repos est bien due,
Comme le moissonneur, sitôt que le jour fuit,
Il s'assied au penchant de la plaine tondue.

Aux rayons du soleil, comme son cœur, lassés
Montant à l'horizon du champ plat et sans herbe,
Il compte les trésors par ses mains amassés,
De la plus haute meule à la dernière gerbe.

Et l'ombre qui descend en mêlant la couleur,
Tout plein du souvenir des chimères passées,
Dans l'or vivant du blé ses yeux cherchent les fleurs
Où se posa jadis le vol de ses pensées.

Dans les prés que la faulx maintenant fait déserts,
Il savait la fraîcheur d'une source muette
Et la place du nid d'où montait dans les airs,
Pour charmer ses amours, le chant de l'alouette.

Et des larmes aussi montent jusqu'à ses yeux
De quitter tout ce dont son âme était remplie :
La Nature immortelle et la clarté des cieux......
— Moi qui connais, hélas ! cette mélancolie.

Comme devant un ciel d'automne pâle et gris
Où flotte une vapeur mourante d'améthyste,
Il regarde, pensif, se couvrir de débris
Le champ longtemps fleuri de son rêve d'artiste.

Armand SILVESTRE.

17 février 1892.

TABLEAUX

1 — Noël.

Au premier plan, sur un tertre élevé, un calvaire éclairé par les rayons de la lune domine la campagne.

Derrière, on aperçoit le village couvert de neige et l'église vers laquelle s'acheminent les paysans portant des lanternes.

Ciel nuageux d'un puissant effet dramatique.

Exposition universelle de 1889.

T. — H., 1ᵐ,10. L., 1ᵐ,40.

2 — Le Soir d'un beau jour.

La route et les maisons du village sont estompées des dernières lueurs du crépuscule. La lune se lève dans un ciel légèrement voilé par les vapeurs d'une chaude journée d'été. Sur le chemin, des moutons regagnent la ferme.

Salon de 1890.

T. — H., ᵐ,. L., ᵐ,.

3 — Bords de l'Oise.

A droite, au bord de la rivière, un grand bouquet d'arbres avec une chaumière ; au bord de l'eau, des laveuses. A gauche, de l'autre côté de la rivière, un champ de blé; au fond, des collines boisées.

T. — H., 1^m,20. L., 0^m,80.

4 — Effet de lune.

Au premier plan, plusieurs chaumières couvertes de neige ; au fond, le clocher du village se silhouette au milieu des nuages.

Ciel nuageux éclairé par les rayons de la lune.

T. — H., 1^m,40. L., 1^m,00.

5 — Novembre.

La lune se levant dans un ciel brumeux éclaire une vaste plaine avec des meules et se reflète dans une mare d'eau.

Salon de 1890.

T. — H., 0^m,77. L., 1^m,00.

6 — La Veillée (hiver en Artois).

Salon de 1888.

T. — H., 0^m,55. L., 0^m,84.

7 — Le Petit Pont à Orchimont (Belgique)

T. — H., 0^m,43. L., 0^m,50.

8 — Un Soir à Rochefort (Belgique).

T. — H., 0^m,33, L., 0^m,51.

9 — Les Gorges d'Orchimont (Belgique).

T. — H., 0^m,33. L., 0^m,51.

10 — Moulin à eau à Cernay-la-Ville.

T. — H., 0^m,34. L., 0^m,48.

11 — Un Moulin à vent.

T. — H., 1^m,00. L., 0^m,77.

12 — L'Hiver.

C'est l'hiver ! Sous un ciel gris, bas et brumeux, que peut à peine percer le soleil, la neige couvre le sol, les maisons et les arbres

A droite et à gauche, les chaumières du village bordent le chemin qui conduit à l'église, que l'on aperçoit dans le fond.

T. — H., 0^m,85. L., 0^m,55.

13 — La Nuit.

Un grand moulin à vent près duquel est accotée une chaumière; au devant passe la route qui va rejoindre le village, qu'on aperçoit dans le fond à gauche, et dont quelques maisons sont éclairées intérieurement.

C'est la nuit par un temps de givre.

T. — H., $1^m,21$. L., $1^m,81$.

14 — Soleil couchant.

Un marais, bordé de grands arbres, reflète dans ses eaux les dernières lueurs du soleil couchant, qui dore encore de ses rayons le ciel et la cime des arbres.

T. — H., $0^m,67$. L., $1^m,00$.

15 — La Neige.

A gauche, une chaumière vers laquelle se dirige une femme portant des fagots. A droite, une mare gelée; dans le fond, le village.

Salon de 1886.

T. — H., $1^m,40$. L., $1^m,00$.

16 — Canal de la Souche, à Courrières.

Sur le canal, aux rives boisées, des mariniers halent une péniche; à gauche, des blanchisseuses lavent le linge, qu'elles étendent ensuite sur le pré.

Ciel nuageux; effet de crépuscule.

T. — H., $0^m,85$. L., $1^m,30$.

17 — Paysage. Village d'Artois en été.

La route, bordée de chaumières à demi cachées par les arbres, traverse le village; à gauche un abreuvoir et, sur la route, une femme conduisant des dindons.

Salon de 1878.

T. — H., 0^m,90. L., 0^m,80.

18 — Effet de lune.

T. — H., 0^m,55. L., 0^m,84.

19 — Printemps (Artois).

T. — H., 0^m,90. L., 0^m,98.

20 — Le Chemin creux de Fayet.

Souvenir de la bataille de Saint-Quentin.

T. — H., 0^m,55. L., 0^m,85.

21 — Crépuscule.

T. — H., 0^m,55. L., 0^m,85.

22 — Baigneuse.

T. — H., 0^m,60. L., 0^m,83.

23 — Le Vieux Monde qui s'en va.

Salon de 1884.

T. — H., 1^m,40. L., 1^m,00.

24 — Nuit de janvier, après une bataille.

La nuit du 19 janvier 1871. Bataille de Saint-Quentin.
Dans un large fossé formé par le lit d'un ruisseau
à demi desséché, sont couchés pêle-mêle les morts et les
mourants.
A gauche, un moulin criblé de boulets dresse, sur un
tertre, sa silhouette déchiquetée.
Dans le lointain on aperçoit les lueurs de l'incendie.

Salon de 1878.

T. — H., 1^m,20. L., 1^m,80.

25 — La Fin du jour.

T. — H., 0^m,65. L., 1^m,00.

26 — Incendie.

T. — H., 0^m,54. L., 1^m,00.

27 — Église d'Esquerdes (Pas-de-Calais).

T. — H., 0^m,37. L., 0^m,50.

28 — Citadelle de Montreuil-sur-Mer.

T. — H., 0^m,38. L., 0^m,49.

29 — Le Printemps.

T. — H., 0^m,85. L., 0^m,55.

30 — L'Été.

T. — H., 0^m,85. L., 0^m,55.

31 — L'Automne.

T. — H., 0^m,85. L., 0^m,55.

32 — Matinée d'hiver.

Sous la haute futaie, à gauche, plusieurs chaumières recouvertes, ainsi que le sol, d'une épaisse couche de neige. A droite, une mare bordée de saules; au fond, le soleil se lève derrière les arbres et traverse péniblement le brouillard, pour venir éclairer le premier plan.

Exposition universelle de 1889.

T. — H., 1^m,40. L., 1^m,10.

33 — Vieux Saules, à Wissant (Artois).

Une rangée de saules séculaires bordent une rivière; sur l'autre rive, on aperçoit une chaumière et un bois.

Salon de 1881.

T. — H., 0^m,90. L., 0^m,80.

34 — Chaumière d'Artois.

T. — H., 0^m,37. L., 0^m,49.

35 — Chemin couvert à Lumbres (Pas-de-Calais).

T. — H., 0^m,50. L., 0^m,37.

36 — Ruisseau à Lumbres (Pas-de-Calais).

T. — H., 0^m,50. L., 0^m,37.

37. — Un Fossé à Santes (Nord).

T. — H., 0^m,37. L., 0^m,49.

38 — Chaumière à Lumbres (Pas-de-Calais).

T. — H., 0^m,49. L., 0^m,37.

39 — Chaumière ensoleillée, à Amettes.

T. — H., 0^m,37. L., 0^m,49.

40 — Église, près Lumbres (Pas-de-Calais).

T. — H., 0^m,49. L., 0^m,37.

41 — Sous bois, à Chaville.

T. — H., 0^m,46. L., 0^m,38.

42 — Écluse à Lumbres (Pas-de-Calais).

T. — H., 0^m,49. H., 0^m,37.

43 — Une Vue de Montreuil-sur-Mer.

T. — H., 0^m,46. L., 0^m,38.

44 — Vieille Chaumière à Lumbres (Pas-de-Calais).

T. — H., 0^m,50. L., 0^m,37.

45 — Saulée à Lumbres (Pas-de-Calais).

T. — H., 0^m,50. L., 0^m,38.

46 — Un Coin de mon jardin à Courrières.

T. — H., 0^m,38. L., 0^m,46.

47 — Une Ferme près Montreuil-sur-Mer.

T. — H., 0^m,30. L., 0^m,46.

48 — Chaumière à Santes.

T. — H., 0^m,37. L., 0^m,50.

49 — Étang à Chaville.

T. — H., 0^m,46. L., 0^m,38.

50 — Ferme à Santes (Nord).

T. — H., 0^m,37. L., 0^m,50.

51 — Église de Lières (Pas-de-Calais).

T. — H., 0m,46. L., 0m,38.

52 — Un Coin de jardin.

T. — H., 0m,46. L., 0m,38.

53 — Une Tannerie à Rochefort (Belgique).

T. — H., 0m,34. L., 0m,46.

54 — Printemps à Rimbeaucourt.

T. — H., 0m,31. L., 0m,50.

55 — Prairie à Rimbeaucourt (Nord).

T. — H., 0m,33. L., 0m,50.

56 — Clocher de Courrières.

T. — H., 0m,55. L., 0m,46.

57 — Église de Courrières.

Salon de 1879.

T. — H., 0m,49. L., 0m,42.

58 — Vue de l'Oise.

T. — H., 0m,54. L., 0m,46.

59 — La Place d'Amettes.

T. — H., 0^m,50. L., 0^m,43.

60 — Sous bois, à Amettes (Pas-de-Calais).

T. — H., 0^m,50. L., 0^m,43.

61 — Une Vue à Lumbres (Pas-de-Calais).

T. — H., 0^m,50. L., 0^m,38.

62 — Bords de l'Oise.

T. — H., 0^m,45. L., 0^m,55.

63 — Chaumière à Lumbres (Pas-de-Calais).

T. — H., 0^m,25. L., 0^m,33.

64 — Une Vue à Chaville.

T. — H., 0^m,24. L., 0^m,32.

65 — Soleil couchant après l'orage.

Salon de 1873.

T. — H., 0^m,34. L., 0^m,26.

66 — Chaumière à Santes (Nord).

T. — H., 0^m,24. L., 0^m,31.

67 — Sous bois, à Lumbres (Pas-de-Calais).

T. — H., 0^m,33. L., 0^m,25.

68 — Châtaigniers à Cernay.

T. — H., 0^m,24. L., 0^m,26.

69 — Un Printemps à Courrières.

T. — H., 0^m,29. L., 0^m,46.

70 — Moulin près Cautin (Nord).

T. — H., 0^m,32. L., 0^m,46.

71 — Chaumière à Montreuil (Pas-de-Calais).

T. — H., 0^m,29. L., 0^m,36.

72 — Chaumière à Amettes (Pas-de-Calais).

B. — H., 0^m,29. L., 0^m,40.

73 — Un Pont sur la Cure (Nièvre).

T. — H., 0^m,33. L., 0^m,50.

74 — Vue près de Dinant (Belgique).

T. — H., 0^m,33. L., 0^m,50.

75 — Le Port d'Ambleteuse.

T. — H., 0^m,32. L., 0^m,49.

76 — Une Vue de l'Oise.

T. — H., 0^m,32. L., 0^m,49.

77 — Une Vue à Ambleteuse (Pas-de-Calais).

T. — H., 0^m,31. L., 0^m,49.

78 — Entrée du village à Saint-Père.

T. — H., 0^m,34. L., 0^m,50.

79 — Marine au soleil couchant.

T. — H., 0^m,33. L., 0^m,50.

80 — Maison à Saint-Père.

T. — H., 0^m,34. L., 0^m,50.

81 — Ferme à Amettes (Artois).

T. — H., 0^m,29. L., 0^m,40.

82 — Vue de château à Saint-Père.

T. — H., 0^m,33. L., 0^m,50.

83 — La Cure à Saint-Père.

T. — H., 0^m,33. L., 0^m,43.

84 — Bords du Doubs.

T. — H., 0^m,33. L., 0^m,47.

85 — Rue à Saint-Père (Nièvre).

T. — H., 0^m,33. L., 0^m,51.

86 — Chaumières à Courrières.

T. — H., 0^m,23. L., 0^m,31.

87 — Chaumières à Courrières.

T. — H., 0^m,19. L., 0^m,26.

88 — Vue prise à Miraumont.

T. — H., 0^m,32. L., 0^m,19.

89 — Sous ce numéro les tableaux non cata-
logués.

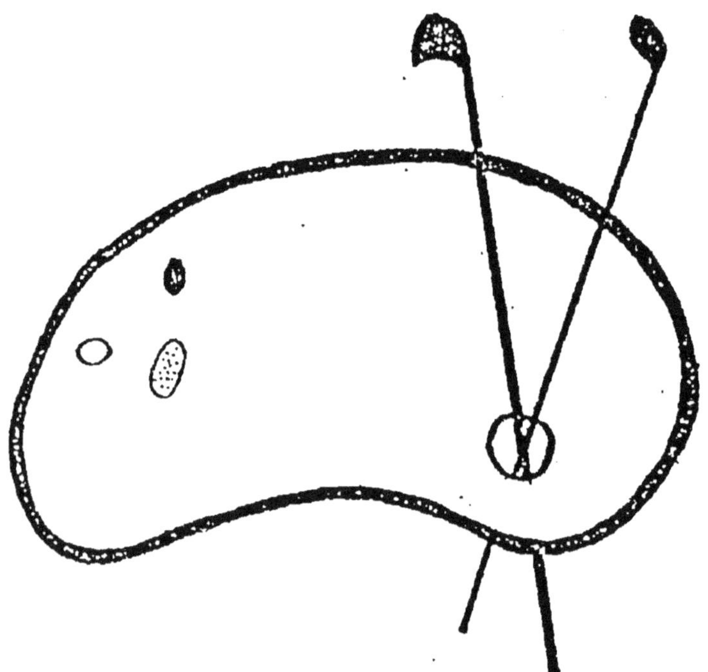

ORIGINAL EN COULEUR

NF Z 43-120-8

RED. :

21

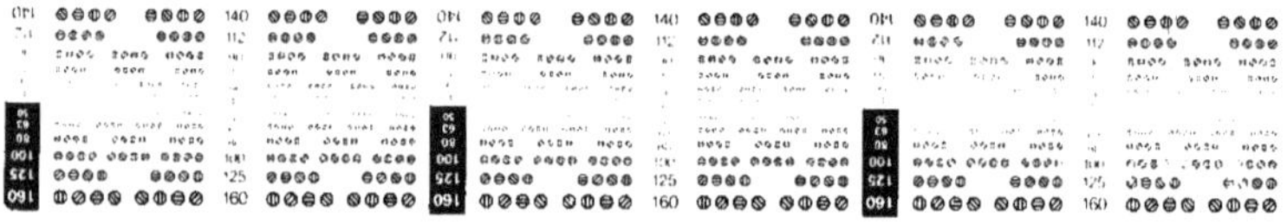

graphicom

MIRE ISO N° 1
NF Z 43-007
AFNOR
Cedex 7 - 92080 PARIS-LA-DEFENS :

0 1 2 3 4 5 6 7 8 9 10